La couleur de Noël

Benjamin BELANDO

LA COULEUR DE NOËL

Aventure

Auto-édition

© 2022 Benjamin Belando
Édition : BoD – Books on Demand, info@bod.fr
Impression : BoD – Books on Demand, In de Tarpen 42, Norderstedt (Allemagne)
Impression à la demande

Couverture et mise en page : Loïc Artieri
Illustration de couverture : Freepick
Dessinatrice : Christine Dalmasso
Correction : Céline Pereira Da Costa
Modèles : Lisa Martin Fonseca et Florent Macchi
Photographies : Pexels, Pixabay et Benjamin Belando

ISBN : 978-2-3224-3540-1
Dépôt légal : Novembre 2022

Toute représentation ou reproduction intégrale, ou partielle, faite sans le consentement de l'auteur ou de ses ayants droit ou ayants cause, est illicite. Cette représentation ou reproduction, par quelque procédé que ce soit, constitue une contrefaçon sanctionnée par la loi sur la protection du droit d'auteur.

À toute mon équipe.

Sommaire

1er décembre	11
2 décembre	13
3 décembre	15
4 décembre	17
5 décembre	19
6 décembre	21
7 décembre	23
8 décembre	25
9 décembre	27
10 décembre	29
11 décembre	31
12 décembre	33
13 décembre	35
14 décembre	37
15 décembre	41
16 décembre	43
17 décembre	45
18 décembre	47
19 décembre	49
20 décembre	51
21 décembre	53
22 décembre	55
23 décembre	57
24 décembre	59
25 décembre	63

1er DÉCEMBRE

Aurore – France

Quand on vous dit : « *Vous savez, l'augmentation, on la donne à des gens qui sont compétents !* », votre sang ne fait qu'un tour et vous vous dites : Mais pourquoi tant de haine. Génial pour commencer ce mois de décembre qui pour tout le monde rime avec fête, cadeaux, famille, et convivialité à l'approche de Noël… Putain, je suis incompétente ? Quoi ? Mais c'est une blague !

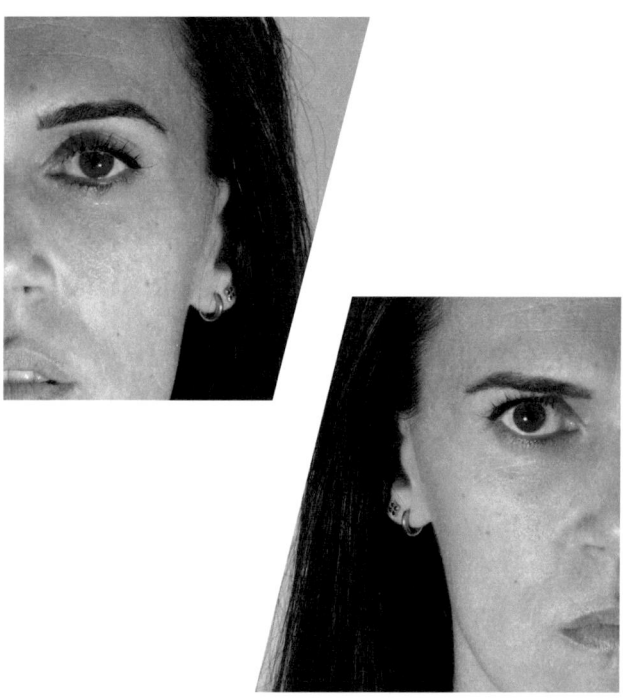

2 DÉCEMBRE

Aurore – France

Abandon de poste ! C'est le mieux à faire, je crois. Je me suis levée ce matin avec les larmes aux yeux, mais aussi une telle colère en moi ! Je travaille, je fais du mieux que je peux, et je sais que je ne suis pas parfaite, mais quand même ! Je suis allée dans la salle de bain et je me suis dit que c'était le bon moment pour changer de vie. Ils ne veulent pas de moi, alors vous ne m'aurez plus jamais !

3 DÉCEMBRE

Crocodile – Australie

Sortir de sa caverne, c'est jamais une mince affaire. Je suis obligé de m'étirer les écailles de tout mon long pour espérer voir le jour. Mon corps de reptile doit prendre le soleil pour se réchauffer, se recharger en énergie et commencer la saison de la chasse sous les meilleurs auspices. Le tunnel de la caverne mesure dix mètres, et j'en fais six d'après le chasseur de croco qui a voulu me choper. Donc, sans énergie, ça risque d'être un peu long. Je vous dis à demain sûrement, si vous passez dans le coin.

4 DÉCEMBRE

Aurore – France

Un rêve doit toujours être réalisé ou du moins on peut essayer. Après ma séance de yoga hebdomadaire, je me suis posée sur un banc dans la rue, et j'ai commencé à réfléchir à ce que je voulais faire de ma vie. Je suis seule, sans mari, sans enfant et sans boulot, j'ai enfin droit à ma liberté ! Je suis incompétente ? Ça, c'est ce que vous allez voir.

5 DÉCEMBRE

Crocodile – Australie

Comme prévu, j'ai mis du à temps à sortir de mon trou. Mais là, je vous le dis, ce que je peux me sentir bien sur cette rive, à prendre la lumière du soleil qui me réchauffe ! Ah, vous n'imaginez pas à quel point c'est agréable… Enfin, vous appelez ça comment chez vous déjà ? Ah oui, faire bronzette ! Et c'est encore mieux avec mon petit dentiste attitré, Bob, un petit oiseau qui m'aide à enlever les saletés coincées entre mes dents. Dans très peu de temps, je serai comme neuf, suffisamment pour me remplir la panse.

6 DÉCEMBRE

Requin-bouledogue – Australie

Oh yeah ! Nous sommes en décembre ! Ouh ouh ouh ! Comment ne pas aimer ce mois de décembre. Les gens sont remplis de joie et ont envie de faire la fête, quoi demander de mieux ?! C'est la fin de l'année, et l'excitation de commencer la prochaine, pleine d'espoirs, est à son comble. Oh oui moi, je vous le dis, dans l'hémisphère sud, Noël sous la chaleur, c'est le paradis ! D'ailleurs, je vois déjà des petits surfeurs qu'il va falloir goûter pour vérifier si le cru de cette année, est meilleur que l'année dernière.

7 DÉCEMBRE

Aurore – France

Comme une illumination ! Je rêve depuis longtemps de partir à l'étranger découvrir des paysages comme je n'en ai jamais vu, et pour ça, il faut aller loin. J'ai toujours aimé dévorer les vidéos de Steve Irwin, surnommé le chasseur de crocodile. Il animait des émissions de télé super instructives. Il est décédé en 2006, en Australie, suite à une piqûre de raie. C'est le pays qui regorge le plus d'animaux dangereux, mais étant petite, j'ai tellement vu de documentaires ! Pourquoi ne pas les voir en vrai ? Vous en pensez quoi vous ?

8 DÉCEMBRE

Crocodile – Australie

Le soleil se couche, je vais enfin pouvoir chasser ! Mon corps a retrouvé toute son énergie et vous n'imaginez pas à quel point c'est super positif. Ici, il y a de tout pour chasser. Si jamais je n'arrive pas à avoir une vache, il y a des poissons en tout genre dans l'eau.

Allez, je plonge pour enlever la boue sèche sur mon dos et je commence ma navigation à casse-croûte. Je finis par distinguer une vache à moitié dévorée sur le bord. Je m'en lèche déjà les dents ! Pour nous autres, les cadavres faisandés ne sont pas un souci, on a un estomac détruisant toutes les bactéries. Je fonce et mords dans la vache, quand une grille se referme derrière moi. Oh bordel de merde, celle-là, je ne l'avais pas vu venir !

9 DÉCEMBRE

Requin-bouledogue – Australie

Oui papa… Oui, je sais ! Oh celui-là, il me fait constamment la morale… Il m'a toujours dit de ne jamais goûter d'humains, mais il ne se rend pas compte que sur leur planche de surf, ils me font penser à des otaries, et qu'est-ce que c'est bon l'otarie ! Donc, faut y goûter ! Il ne comprend rien, il est de la vielle génération à toujours faire attention à tout. Pour moi, il faut foncer et réfléchir après, on approche de Noël et tout le monde est en fête, alors pourquoi pas moi ? Hein, vous n'êtes pas d'accord ? À ma place, vous penseriez pareil, j'en suis sûr !

10 DÉCEMBRE

Aurore – France

Il a fallu être tranchante, je vous le dis ! Ma mère était contre mon départ pendant les fêtes de fin d'année. J'ai eu beau lui expliquer, elle ne voulait pas comprendre que rien ne me retient ici et certainement pas la famille. Entre un père qui se fout de moi, et une mère qui passe son temps à me présenter ses nouveaux Jules et à boire comme un trou, je préfère encore me faire manger par un crocodile ou un requin ! Je prends mon passeport et un sac à dos avec l'essentiel et je pars sans plus me retourner. L'Australie prépare toi, me voilà !

11
DÉCEMBRE

CROCODILE – AUSTRALIE

Ah quel enfoiré ! C'est Thomas ou John qui m'a tendu ce piège ? Si c'est Thomas, c'est pas grave, il me capture et m'envoie plus au nord. Mais si c'est John, je finis en trophée dans sa maison, pendant qu'il mangera la dinde de Noël. Vous êtes d'accord avec le fait qu'on ne va pas attendre de savoir qui a fait ça ! J'ai une sacrée gueule, mais impossible de soulever la grille. Je gratte le fond avec mes grosses pattes, mais cet enfoiré a posé des grilles également. Il veut ma mort ! Bon, la nuit est bien tombée maintenant, on va attendre là ce soir. Ah Thomas, si c'est toi, je dois t'avouer que poser des grilles est une super idée, mais demain, crois-moi, je vais sortir d'ici. Je ne veux pas passer les fêtes en cage.

12 DÉCEMBRE

Requin-bouledogue – Australie

Mon père m'a dit d'aller voir ailleurs s'il y était ! Eh bien, je suis parti ailleurs et plus précisément dans les rivières. Nous autres requins-bouledogue, on a un méga avantage comparé à nos frères requins : on vit aussi bien en eau douce qu'en eau salée. Qui dit rivière, dit humains à croquer ! Des gamins qui hurlent et font toujours du bruit, avec une jambe ou un bras en moins ça les calme d'un coup, et leur chair fraîche à tellement plus de goût que celle des vieux ! Ce qui est cool, c'est que plus je vais remonter la rivière dans les jours qui arrivent, plus je vais tomber sur des ados *stone* et leur sang plein d'herbe coulant dans leurs veines, qui me feront planer et rêver de licorne. Ah yeah ! Vivement ! Au final, heureusement que je dois aller voir si mon père est ailleurs ! Ah yeah ! Embarquer dans la rivière du sang, des larmes, des cris ! Oh oui, tout ce que j'adore !

13 DÉCEMBRE

Aurore – Abu Dhabi

J'ai parlé un peu trop vite… Faut pas oublier une chose, c'est qu'aller en Australie pour nous autres Européens, c'est quand même presque vingt-quatre heures de vol, avec escales. Là, je suis à Abu Dhabi, et il me reste une heure avant de pouvoir embarquer sur le vol qui me mènera directement à Sydney. Je n'ai pas pour habitude de voyager, comme vous pouvez le deviner, donc ça me paraît bien long tout ça. Vivement que je prenne mon avion et que je m'envole vers une nouvelle vie ! Mais la patience n'a jamais été mon fort, j'avoue… Pfff !

14 DÉCEMBRE

Crocodile - Australie

Le moteur du 4x4 de Thomas m'a réveillé. C'est bien ce salop-là qui m'a capturé. Mais c'est stupide, ça fait un bail que je n'ai pas mangé de vache, donc pourquoi vouloir me relocaliser ?! Ah, les humains et leurs manies, c'est vraiment à en perdre son crocodile. J'ai beau me débattre et taper dans tous les sens, il ne perd pas le nord et me passe une corde sur le haut de la mâchoire. Il la sert si fort que je ne peux pas faire grand-chose, et après m'être retourné autant de fois que mon énergie pouvait me le permettre, je finis par lâcher les armes. Et c'est à ce moment-là qu'il me pose une serviette sur les yeux. Mon Dieu, ce que ça peut faire du bien, mon cœur se calme ! Il m'attache ensuite les pattes arrières et me scotche la gueule. J'atterris dans ce qui ressemble à un filet, et je m'envole à bord de son avion vers un autre endroit. Ah, quel enfoiré ! Moi, je veux passer Noël chez moi, bordel !

Aurore - Australie

Vingt-quatre heures de vol, c'est vraiment épuisant, mais peu importe me voilà à Sydney. Objectif du jour, trouver l'hôtel, se reposer un peu et surtout récupérer du décalage horaire. Sentir l'air d'ici et découvrir un nouveau décor me font déjà me sentir plus légère. Vous avez déjà ressenti ça ? Comme si vous étiez au bord d'une falaise, seul, à admirer la vue sans que rien d'autre ne compte. Je ne me sens pas très fraîche, à cause du voyage, mais légère malgré tout, et ça, je peux vous le dire, ça fait du bien !

15 DÉCEMBRE

Requin-bouledogue - Australie

Oh yeah, oh oui, oh yeah ! Les petits gamins de 10 ans, un peu dodus, donnent un goût en bouche qui n'égale celui de personne d'autre. Ah, je vous le jure, il n'y a pas meilleur repas pour commencer cette remontée de la rivière. Un bon mollet rempli de graisse ah la la ! Je ne comprendrais jamais les anciens qui trouvent la chair humaine infecte. Ils n'ont pas eu de chance, moi, je vous le dis ! Bon, ça, c'était le petit-déjeuner. Allons trouver des ados avec leurs herbes si spéciales ! Oh, je sens que je vais me régaler. Ah, les fêtes de fin d'année, c'est magique, la population augmente tellement ! C'est un pur régal pour mes babines. Ah !

16 DÉCEMBRE

Crocodile – Australie

T'es content de toi, Thomas ? Tu as réussi à me choper et me traîner plus haut dans le nord, mais ce que tu ne sais pas mon gars, c'est que je vais revenir, oh oui, je vais revenir chez moi ! Je l'adore, Thomas, même si j'aimerais connaître un peu le goût qu'il a. Il se bat tous les jours pour nous emmener nous autres crocodiles dans des endroits différents, pour ne pas qu'on attaque vaches et humains. Il faut souligner sa détermination ! Mais une fois relâché, ne crois pas que je vais rester là. Ça reste entre nous, mais je vais redescendre cette rivière le plus rapidement possible. Il a fait tout ça pour rien ! Mais chut !

17
DÉCEMBRE

Aurore - Australie

Noël en été, voilà ce qui va être la nouveauté pour moi. Noël rime souvent avec froid et neige, mais j'avoue que découvrir ce pays avec cette ambiance-là, c'est quand même autre chose. Il y a les décorations tout comme chez nous, mais avec des gens habillés en short et en tee-shirt. J'ai trouvé des prospectus à l'hôtel sur ce qu'on pouvait faire en Australie, et il y a des tonnes de choses à faire et à voir. Alors il va falloir faire des choix ! Vous en pensez quoi vous ? Surf dans l'océan ou quad au Nord du pays, dans les terres ?

18 DÉCEMBRE

Requin-bouledogue – Australie

Oh yeah ! Je suis où ? Merde, ils avaient pris de la bonne ceux-là ! C'est la première fois que je suis autant dans les nuages ! Ah yeah ! Elle avait une sacrée bonne cuisse. Mordre dedans et tout déchiqueter en sachant ce qu'on va découvrir, une fois le muscle et le gras engloutis, est un vrai régal, du pur nirvana ! Je sais que vous autres, vous n'êtes pas cannibale. Mais qu'est-ce que ça peut être bon la chair humaine ! Et avoir l'effet planant de l'herbe en prime, je vous le dis, ça vous fait rêver de licorne. Et qui n'aime pas les licornes, hein ? Ah yeah ! Si vous avez de bonnes adresses pour trouver des drogues près de chez vous, laissez-moi un mot à la fin du livre !

19 DÉCEMBRE

Aurore – Australie

Je ne sais pas si tout le monde va être d'accord, mais j'ai choisi le quad pour commencer. Je veux de la nature, et le surf, c'est un peu trop civilisé pour moi. Je voudrais essayer de découvrir ce pays et de m'y perdre un peu. Le gars qui m'a loué le quad m'a demandé pourquoi j'étais seule, surtout pour la première fois dans un pays comme celui-là, et m'a averti que partir à l'aventure sans guide pouvait être dangereux. Sans me démonter, je lui ai répondu « *vaut mieux être seule que mal accompagné de nos jours* ». Il m'a souri et m'a laissé partir en me donnant une carte et une liste visuelle d'animaux dangereux que je pourrais croiser. La liste est longue comme je pouvais m'en douter, mais l'objectif est de passer Noël dans la nature australienne, et ce sera le cas. Ça va être génial, je peux vous l'assurer !

20 DÉCEMBRE

Crocodile – Australie

Mais où il m'a foutu ce con ! Je suis perdu là… Où il m'a relâché ! Oh Thomas, je le dis haut et fort, la prochaine fois que tu m'attrapes, pour me venger de tous ces allers-retours que tu me fais faire, je te bouffe un doigt ou deux. Vous n'êtes pas d'accord ? Vous, on vous kidnappe de chez vous et on vous fout dans le trou du cul du monde, sans carte ni repères, vous seriez comment ? Je suis sûr que vous vous sentiriez comme moi, en colère et avec un arrière-goût de vengeance dans la bouche. Je ne veux pas le tuer, car je l'aime bien, mais là, il m'a emmené trop loin. C'est la cinquième fois que j'atterris dans son piège, il pourrait être indulgent… Ou vous allez m'expliquer que c'est pour ça que cette fois-ci, il m'a envoyé encore plus loin ! Ouais, ce n'est pas bête. Ah les humains, je vous le dis, vous êtes étranges par moment, car même si ça va prendre quelques jours, je vais retrouver mon chemin. Je veux être chez moi pour Noël donc pas le choix !

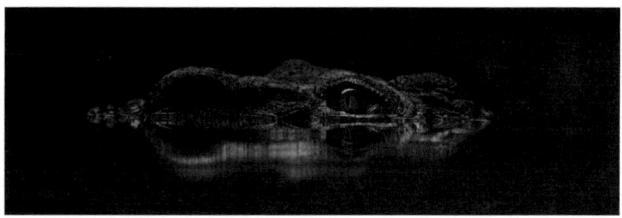

21 DÉCEMBRE

Requin-bouledogue – Australie

Bon, l'heure est grave mesdames et messieurs. Nous sommes à quatre jours de Noël et ça fait déjà un moment que je remonte la rivière. Je vais devoir aller assez vite pour retrouver l'océan et le repas de fête que nous prépare chaque année grand-mère, un festin ! Des morceaux de bébés baleine et otarie. En espérant que les orques nous laissent tranquilles, car il y a deux ans, un banc d'orques est venu nous rendre visite durant notre repas et ils ont dévoré la moitié de la famille de ma mère, alors croisons les doigts pour cette année ! Mais ça ne répond pas à ma question. Je rentre ou je passe Noël seul, à faire le fou ? Je me tâte… Et vous, vous choisiriez quoi ?

22
DÉCEMBRE

Aurore - Australie

Je me suis arrêtée dans un petit village assez perdu. Dans le seul bar existant, le serveur m'a servi avec un bonnet de Noël sur la tête et le juke-box, aux couleurs de saison, diffusait des chansons de Noël. Les gens sont différents ici, il n'y a aucune pression ou stress. Ils vivent leur vie à leur rythme, sans embêter personne. On peut leur parler sans qu'il n'y ait aucun jugement, même si tout le monde me trouve un peu folle de faire ce voyage toute seule. Mais regardez, il ne m'est rien arrivé, et je suis là pour découvrir la vie sauvage. Un gars m'a donné un chapeau, et m'a indiqué la direction d'une rivière, plus au nord, à priori sans danger pour me rafraîchir. Ne sachant pas trop où aller encore, j'ai au moins un point de repère maintenant. Alors direction cette rivière, pour sûrement y passer Noël ! Ah yeah !

23 DÉCEMBRE

CROCODILE – AUSTRALIE

Il me gave, ouhhh qu'est ce qu'il me gave ! Thomas, je vais te détruire la main droite quand on va se retrouver. Je n'ai plus de forces, il va falloir que je prenne un bain de soleil pour ensuite repartir. Demain soir, ou au plus tard dimanche matin, il faut que je sois chez moi. Je me pose sur les abords d'une rivière que je connais très bien. Je crois que vous l'appelez la rivière du sexe ! C'est significatif de ce qui fait tourner ce monde. Nous, c'est manger, se reposer et à un moment bien précis procréer, mais vous, je crois que c'est sexe, argent, drogue et alcool qui vous fait vivre ?! Ça ne m'étonne pas quand j'entends Thomas dire que la nouvelle génération n'a plus de respect pour rien. Parce que ne penser qu'au sexe et à l'argent, forcément, ça coince à un moment donné. Bref, quand tu veux Thomas, après t'avoir bouffé la main, je leur apprends le respect des crocodiles à ces jeunes. Envoie-moi dans une école pour leur foutre la trouille de leur vie ! Je peux vous le dire, se reposer au soleil, là, fait encore plus de bien que d'habitude, ça régénère.

24 DÉCEMBRE

Aurore – Australie

Me voici arrivée près de la rivière que m'a indiqué le gars. Il avait raison, c'est un très bel endroit, et même s'il a baragouiné que c'était un peu l'endroit de tous les plaisirs, ce n'est pas la veille de Noël que les gens vont venir batifoler ici, ils sont tous en famille. Je sais, vous vous dites « *mais est-ce que ce n'est pas aussi ce qu'elle devrait faire ?* » Je peux vous assurer que non. En l'espace de ces quelques jours, j'ai réussi à plus profiter qu'en trente-cinq ans de Noël en famille. Par contre, je dois bien vous avouer, je crois que j'ai vu quelque chose bouger dans l'eau, et à côté de moi, il y a une forme étrange…

Requin-bouledogue – Australie

Mais que vois-je ? Est-ce qu'une adulte vient profiter des derniers rayons du soleil avant de prendre un petit bain chaud ? Je n'ai pas encore goûté à un adulte cette saison, donc il n'y a plus qu'à attendre. Mais j'ai l'impression qu'il y a quelque chose près d'elle, mais comment dire, j'ai du mal à y voir clair. Si vous y voyez mieux que moi, n'hésitez pas à me le dire, car si c'est ce que je crois, j'ai peur de ne pas avoir grand-chose à manger. Dites-lui de venir dans l'eau, pour s'écarter de cette chose qui est…

CROCODILE – AUSTRALIE

Dites-moi que c'est une blague ! Je suis ici pour prendre du bon temps avant de rentrer chez moi. Arrête de me regarder, je n'aime pas ça, mais si tu continues, je vais m'occuper de toi. Tu ressembles à une pauvre touriste qui ne connaît rien à l'endroit où elle est tombée. Je sais que vu toute la terre que j'ai sur moi, tu as du mal à me reconnaître, mais éloigne toi. Oh non, ne me regarde pas bordel ! Ne me regarde pas ! Ok, comme tu voudras, j'ai faim donc voici mon repas de Noël !

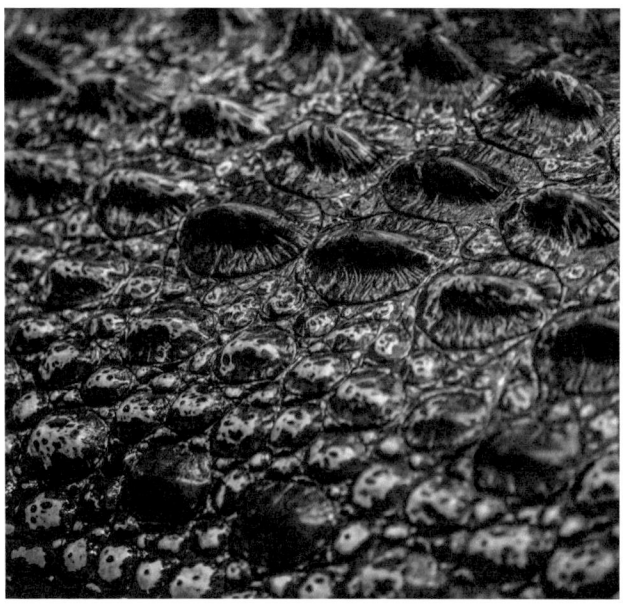

25 DÉCEMBRE

John – Australie

Le crocodile attrape la main de cette femme, et lui fait son classique roulement pour lui arracher le bras et lui éclater la tête contre la pierre chaude. Sa mâchoire se fracture sous la violence du choc. Elle hurle de douleur et glisse vers la rivière où je peux distinguer l'aileron du requin-bouledogue que je cherche depuis un moment déjà. Elle essaye de se relever, mais le crocodile se place derrière elle, ouvre sa gueule et engloutit le haut de son corps, de la tête aux hanches. Il fait de nouveau la toupie avec une telle force, qu'elle est cisaillée à la taille. Ses jambes volent dans les airs et s'écrasent dans l'eau. Le requin les attrape, les déchiquette tout en les mangeant, pendant que le crocodile écrase la tête et le buste de la pauvre malheureuse dans sa gueule, qu'il engloutit sans trop de mal. Le requin aussi finit de tout manger. C'est un véritable bain de sang, il y en a partout ! Ils se regardent en se faisant des clins d'œil jusqu'à ce qu'ils me remarquent. Ils sont complètement surpris de me voir. Je les dévisage avec mon sniper en souriant, et ils n'osent pas bouger. Je le pose sur le côté, en me levant pour les admirer, et avec un sourire, je leur dis : « C'est Noël les gars, et tout le monde à droit à un repas de Noël ! » Ils s'enfuient tout de suite après. Vous n'êtes pas d'accord ? C'est la nature ici en Australie. Je ne connaissais pas cette femme, mais elle a fait le plus beau des cadeaux à ces deux animaux, un repas de Noël. Place à mon repas à moi avant de rendre justice. Joyeux Noël à tous !